A QUI
LA POMME

FANTAISIE EN UN ACTE

PAR

EMILE COLLIOT

Représentée pour la première fois, à Paris, dans le salon de Mme C...,
le 10 mai 1864.

Prix : UN FRANC.

PARIS
LIBRAIRIE DES AUTEURS
10, RUE DE LA BOURSE, 10

1867

A QUI LA POMME

FANTAISIE EN UN ACTE.

A QUI
LA POMME

FANTAISIE EN UN ACTE

PAR

Emile COLLIOT

Représentée pour la première fois, à Paris, dans le salon de Mme C...,
le 10 mai 1864.

Prix : UN FRANC.

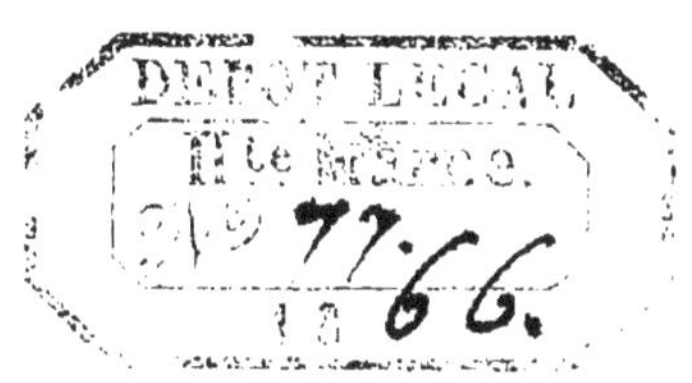

PARIS
LIBRAIRIE DES AUTEURS
10, RUE DE LA BOURSE, 10

1867

PERSONNAGES

Mme DE SIMIANE, jeune veuve.....	Mme M. C******.
ROSETTE	Mme R****.
PAUL LAMBERT, avoué...........	Mr C*****.
DE GIVRY.........................	Mr PAUL J*****.

Le théâtre représente un salon à Enghien, cheminée avec deux vases de fleurs; croisée à droite, portes au fond, guéridon avec tables et journaux.

A QUI LA POMME

SCÈNE PREMIÈRE.

ROSETTE, *seule, rangeant le salon.*

Dix heures !.... dans trente-cinq minutes, M. Paul Lambert sera ici ; il monte en wagon et se dirige vers la demeure de celle qu'il adore... il vient aujourd'hui passer la journée avec un sien ami qui doit être son premier témoin... témoin de son mariage, car il s'agit d'un mariage... Il doit épouser dans un mois ma maîtresse qui est en même temps ma marraine, madame de Simiane, et je me réjouis de cette union, car ma marraine m'a dit : Rosette, consulte ton cœur, vois bien si tu aimes quelqu'un, je désire te marier le même jour que moi... Et, pour obéir à ma marraine, j'ai trouvé que j'avais remarqué quelqu'un.

SCÈNE II.

ROSETTE, Mme DE SIMIANE.

Mme DE SIMIANE, *entrant.*

Tout est-il prêt, Rosette ?

ROSETTE.

Oui, ma marraine.

Mme DE SIMIANE.

Il fait un temps superbe, nous dînerons sous le grand tulipier.

ROSETTE.

Oui, ma marraine.

Mme DE SIMIANE.

Je voudrais que cette journée fût passée !...

ROSETTE.

Et pourquoi donc ?

Mme DE SIMIANE.

Je ne sais... J'ai promis de fixer le jour de mon union avec M. Paul Lambert, et je tremble, quand je songe que je vais quitter liberté et indépendance, pour associer ma destinée à un homme qui se dit épris...

ROSETTE.

Il vous aime bien ma marraine.

Mme DE SIMIANE.

Tu crois ?

ROSETTE.

J'en suis sûre. L'autre jour, il vous souvient, votre cousin l'officier de lanciers, M. Jules Vivier, est venu vous voir, il vous donnait le bras ; M. Lambert est arrivé, il vous a vue depuis le perron riant avec M. Jules ; alors il a couru à moi pour savoir s'il devait s'inquiéter : je l'ai rassuré... Voilà de l'amour !

Mme DE SIMIANE.

Ou de la jalousie.... ce n'est pas la même chose chère petite, tu l'apprendras un jour... La jalousie tue le bonheur... je le sais... Jeune fille, mon père, auquel j'obéissais en enfant, m'a mariée à M. de Simiane qui avait trois fois mon âge ; j'ai pris le mari qu'on me donnait, ignorante que j'étais ; et bien que la fortune ait pris soin de dorer les barreaux de ma cage, j'ai souvent envié le sort d'amies de pension qui avaient trouvé dans leur union un cœur assez jeune pour les aimer et les comprendre, une confiance assez grande, basée sur leur jeunesse réciproque, pour faire que le soupçon ne puisse trouver place au coin du foyer conjugal.

ROSETTE.

Monsieur de Simiane était jaloux !

Mme DE SIMIANE.

Oui, jaloux... jaloux d'un mot, jaloux d'un regard, jaloux sans cause... car dès que j'eus compris la tâche que mon père m'avait imposée par ce mariage, je m'appliquai à la remplir de manière que nul ne puisse un jour me jeter un reproche... J'ai souffert... mais j'ai trouvé dans ma conscience la force nécessaire pour triompher... et j'ai vécu dans la solitude, qui, seule, pouvait me donner le calme et le repos.

ROSETTE.

M. Lambert vous conduira dans le monde, au théâtre,

au bal, et vous regagnerez avec lui les six années passées à soigner un mari goutteux et paralysé.

Mme DE SIMIANE.

Si les vieux maris sont bien ennuyeux, les jeunes ont aussi parfois leurs désagréments, et je me demande si je ne ferais pas mieux de rester veuve.

ROSETTE.

Naguère vous disiez en revenant de Paris : la position d'une femme veuve est intolérable, elle ne peut aller nulle part, faire un pas sans que chacun dise son mot, la suive, l'interroge du regard, et lui rende l'existence impossible.

Mme DE SIMIANE.

C'est vrai, j'ai dit cela et je le répéterai peut-être demain ; mais devoir obéir à un mari dont les goûts peuvent être opposés aux miens, lui dont la vie s'est passée dans un milieu qui n'est pas tout à fait le nôtre, à un mari qui aura ses caprices, ses fantaisies, tout cela me donne à réfléchir ; et prête à m'embarquer sur le navire qui doit me conduire à la découverte d'un nouveau monde, je suis tentée de me dire : je n'ose plus.

ROSETTE.

C'est affreux, vous ne pouvez, ma marraine, aujourd'hui dire non après avoir promis.

Mme DE SIMIANE.

Je n'ai point donné ma parole... je suis libre... entièrement libre... je puis garder ma liberté.

ROSETTE.

Mais moi... j'ai promis...

Mme DE SIMIANE.

Que tu te marierais le même jour que moi.

ROSETTE.

Sans doute... mais j'ai ajouté... dans un mois.

Mme DE SIMIANE.

Et parce que tu t'es engagée... tu voudrais ?

ROSETTE.

Vous êtes si bonne, ma marraine !

Mme DE SIMIANE.

Je vais y réfléchir.

ROSETTE.

Réfléchissez, ma marraine, réfléchissez.

(Mme de Simiane sort).

SCÈNE III.

ROSETTE, *seule.*

Si ma marraine changeait d'avis... je crois bien, moi, que je n'en changerais pas... M. Lucien m'aime, il m'aime bien fort, il veut m'épouser tout de suite... et je suis de son avis, il doit être bien agréable de vivre près de celui que l'on aime et d'avoir le droit de le lui dire à chaque instant !... Mais ma marraine épousera M. Paul, j'en suis sûre, je ne dois avoir aucunes craintes... chut, j'entends du bruit... ce doit être M. Paul et son ami.

SCÈNE IV.

ROSETTE, PAUL LAMBERT, *deux bouquets à la main*, DE GIVRY.

PAUL, *entrant, suivi de de Givry.*

Bonjour, Rosette.

ROSETTE, *faisant la révérence à Paul.*

Salut, monsieur Paul, et vous aussi, Monsieur. (*Elle fait la révérence à de Givry.*)

DE GIVRY.

Bonjour, la belle enfant.

PAUL.

Rosette, place-moi ces bouquets...

ROSETTE.

Tout de suite, Monsieur. (*Elle prend les deux bouquets*). Ils vont remplacer ceux-ci qui commençaient à se faner. (*Elle enlève les vieux bouquets et les remplace par les nouveaux.*)

PAUL.

Ta maîtresse va bien depuis hier ?

ROSETTE.

Très-bien, Monsieur.

DE GIVRY, *regardant à la fenêtre.*

Une vue charmante... on a ménagé sur le lac d'Enghien une échappée du meilleur goût.

PAUL, *à Rosette.*

Elle nous attend ?

ROSETTE.

Sans doute... elle me le disait tout à l'heure... avant de sortir pour sa promenade du matin.

PAUL.

Vas donc lui dire que nous sommes arrivés et si elle veut permettre que je lui présente mon ami dans son parc... ; si elle autorise, nous irons au devant d'elle.

ROSETTE, *emportant les bouquets fanés.*

J'y cours. (*A part.*) En servant monsieur Paul, je me sers aussi.

SCÈNE V.

PAUL, DE GIVRY.

PAUL.

Comme tu es taciturne, tu ne dis pas un mot.

DE GIVRY.

Que veux-tu que je dise ?

PAUL.

Comment trouves-tu ?...

DE GIVRY, *avec affectation.*

La maison est charmante... la soubrette a l'œil coquin, et sait qu'on la trouve jolie... le salon est très-artistement meublé... le parc me semble délicieux...

PAUL.

Toujours le même... Alors que tu loues, tu critiques le sourire sur les lèvres.

DE GIVRY.

Du tout... tu te trompes, très-cher... je loue sincèrement tout ce que j'ai vu... et sur ma foi, les paroles ne sont que l'expression fidèle de ma pensée.

PAUL.

Tant mieux, je te crois. Ton avis et ton appui me sont aujourd'hui nécessaires. Chargé des affaires de Mme de Simiane après la mort de son premier mari qui était vieux et laid, je me suis acquitté de la mission qui m'était confiée avec un dévouement...

DE GIVRY.

Pas dévoué.

PAUL.

D'avoué dévoué.

DE GIVRY.

Très-bien... mais permets, as-tu émolumenté dans la circonstance ?

PAUL.

Je ne sais... cela regarde mon premier clerc.

DE GIVRY.

Lui as-tu dit que c'était par dévouement ?

PAUL.

Je ne lui ai rien dit... je ne pouvais rien dire... je n'avais garde de compromettre...

DE GIVRY.

Tes intérêts ?

PAUL.

Non... ma cliente ! As-tu donc juré de me tourmenter toute ta vie.

DE GIVRY.

Je tenais à connaître le tarif d'un avoué dévoué... Continue... je suis fixé.

PAUL.

En soignant les affaires de Mme de Simiane, en lui rendant compte de mes démarches, en lui apprenant la gestion et le parti à tirer de sa fortune, j'avais le bonheur de me trouver seul avec elle...

DE GIVRY.

Et tu te disais que cette fortune ferait bien ton affaire.

PAUL.

C'est méchant de Givry.

DE GIVRY.

Tu te disais alors : — quel malheur que ma cliente ait tant de fortune, je l'aurais mieux aimée pauvre et sans dot !

PAUL.

Tu m'avais promis paix et trêve durant cette journée, je vois que tu l'oublies.

DE GIVRY.

Tu as raison... pardonne-moi.

PAUL.

Très-bien ! j'en ai l'habitude. L'occasion....

DE GIVRY.

L'occasion... l'herbe tendre...

PAUL.

Encore...

DE GIVRY.

Ne fais pas attention.

PAUL.

L'occasion, dis-je... me permit d'apprécier ses qualités, sa bienveillance, et un jour j'osai lui demander sa main.

DE GIVRY.

Tu fus accueilli ?

PAUL.

Je fus refusé.

DE GIVRY.

Vraiment !

PAUL.

J'insistai... j'attendis... je revins à la charge... enfin c'est chose, je ne dirai pas définitivement convenue... non... mais presque arrêtée... Et comme il faut qu'officiellement on informe Mme de Simiane de la situation, famille et argent, de Paul Lambert, avoué de première instance du tribunal de la Seine, n'ayant ni père ni mère, je t'ai prié, toi, mon plus vieux camarade, de me rendre ce service.

DE GIVRY.

Tu as fini. Soit, jeune homme... je vais mettre des gants blancs... prendre l'air de circonstance... me présenter à la belle veuve... et lui réciter toutes les qualités de mon mandant... style de palais.

PAUL.

Merci !... je compte sur toi.

DE GIVRY.

Je vais jouer ici un rôle de père de comédie... Enfin n'importe, je l'ai promis ; mais tu le sais, je représente la famille, et au sortir de la messe de mariage, j'ai droit au bras de la mariée.

PAUL.

C'est entendu ! tu réclameras le prix de ton service.

DE GIVRY.

C'est moi qui te la confierai, en te disant : allez, mon fils, et rendez-la heureuse.

PAUL.

Tu me dois bien cela ! Depuis le lycée où tu mangeais le beurre et les confitures pendant que je dévorais le pain sec, jusqu'à ce jour, tu as été assez heureux pour me distancer ou me gagner à tous les jeux; je n'ai rien dit, j'ai obéi à ma destinée, remettant toujours ma revanche au lendemain, et le lendemain j'étais tout aussi malheureux avec toi que la veille; en sorte que, si un jour vient et il est venu ce jour heureux, où dans une partie engagée et dans laquelle tu n'es pour rien, il te faille seulement m'aider, tu ne saurais me refuser ton concours.

DE GIVRY.

Je te le donnerai tout entier.

PAUL.

Alors je me console d'avoir perdu toutes les manches, je vais gagner la belle.

DE GIVRY.

Tu n'es pas modeste.

SCÈNE VI.

LES MÊMES, ROSETTE, *puis* Mme DE SIMIANE.

ROSETTE.

Messieurs, ma marraine me suit.

PAUL.

Elle vient !... comme mon cœur bat. (*Rosette sort.*)

DE GIVRY, *regardant par la fenêtre.*

Ravissante tournure... l'avoué a du goût.

Mme DE SIMIANE.

Salut, Messieurs... On vient de me prévenir de votre arrivée.

PAUL.

Permettez-moi, Madame, de vous présenter mon ami M. Georges de Givry.

Mme DE SIMIANE.

Soyez le bienvenu, Monsieur, et excusez-moi de ne point avoir été ici plus tôt pour vous recevoir.

DE GIVRY.

Vous êtes toute excusée, Madame; à la campagne et par un beau jour de printemps, on comprend qu'on ait du bonheur à examiner ce que la nature promet.

PAUL.

Madame guide ses jardiniers, elle se connaît en fleurs.

Mme DE SIMIANE.

Vous le savez trop, M. Lambert... et vous encouragez mes goûts en m'offrant les plus belles fleurs des serres de Paris; voici deux bouquets délicieux.

PAUL.

Ils vous plaisent, ils doivent être charmants.

DE GIVRY.

Les femmes sont nées pour les fleurs, et les fleurs sont nées pour les femmes.

Mme DE SIMIANE.

Vous croyez, Monsieur?

DE GIVRY.

J'en suis certain, Madame; les fleurs sont indispensables à vos toilettes, elles parent vos cheveux, elles portent l'éclat et la beauté sur vos robes de bal, elles brillent dans vos mains et à vos corsages, elles ornent les salons où vous êtes appelées à régner avec elles; elles sont le premier gage d'un premier aveu; le premier don d'un enfant à sa mère. Je n'avais pas assez dit, Madame, permettez-moi d'ajouter : les femmes et les fleurs sont sœurs.

Mme DE SIMIANE.

Vous me deviez un compliment, Monsieur, et vous venez de me l'adresser avec un rare bonheur; je vous en remercie... Moi aussi j'aime les fleurs... je les cultive... et je vous prierai tantôt, si cela peut vous intéresser, de visiter mes élèves.

DE GIVRY.

Volontiers, Madame.

Mme DE SIMIANE.

Je vous retiens pour la journée, c'était du reste entendu avec votre ami.

PAUL.

Nous ne vous quitterons, Madame, que par le dernier convoi.

Mme DE SIMIANE.

Monsieur Lambert, vous disposerez tout pour une promenade sur le lac.

PAUL.

Comptez sur moi, je vous prie.

Mme DE SIMIANE, *se retirant.*

Vous permettez, Messieurs; quelques ordres à donner, puis je suis tout à vous. (*Elle sort*).

SCÈNE VII.

PAUL, DE GIVRY.

PAUL, *courant à de Givry.*

Et tu la trouves ?

DE GIVRY.

Charmante... adorable... parfaite...

PAUL.

De quel air me dis-tu cela ?

DE GIVRY.

D'abord je te ferai remarquer que ce n'est point sur un air, je n'ai nullement chanté pour te dire : charmante... adorable... parfaite...

PAUL.

Très-bien, alors !

DE GIVRY.

Comment très-bien !... Oui, elle est très-bien ! trop bien. (*Prenant son chapeau.*) Adieu, mon très-cher, je veux m'en aller.

PAUL.

T'en aller ?

DE GIVRY.

Je retourne à Paris, une affaire pressante que j'avais oubliée.

PAUL.

Que signifie ?

DE GIVRY.

Cela signifie que... cela signifie,... que je veux m'en aller.

PAUL, *le retenant.*

On ne passe pas,... tu ne partiras point.

DE GIVRY.

Tu le veux ?

PAUL.

Je l'exige impérieusement.

DE GIVRY.

Alors je reste... (*Il dépose son chapeau.*) C'est toi qui l'auras voulu, ne viens pas te plaindre et réponds-moi.

PAUL.

Je suis prêt.

DE GIVRY.

Asseyons-nous. (*Ils prennent des siéges.*) Mon cher Lambert, depuis combien de temps connais-tu Madame de Simiane ?

PAUL.

Il y a plus d'un an.

DE GIVRY.

Elle te reçoit très-bien ?

PAUL.

Très-bien !

DE GIVRY.

Tu lui as demandé sa main ?

PAUL.

Sans doute.

DE GIVRY.

Elle te l'a promise ?

PAUL.

Promise,... non... mais elle m'a laissé voir que j'avais des chances.

DE GIVRY.

Voilà tout !

PAUL.

Nous sommes au dernier chapitre du roman, et je t'ai conduit ici pour la prier d'arrêter le jour de mon mariage.

DE GIVRY.

Ne compte plus sur moi.

PAUL, *se levant.*

Tu me diras au moins pourquoi.

DE GIVRY, *se levant.*

Je te dirai, mon très-cher, que je n'ai pu voir Mme de Simiane sans la trouver charmante, que mon cœur a cru deviner le sien, que j'ai voulu te laisser le champ libre, que tu m'as retenu imprudemment, et qu'à cette heure je suis décidé à courir le danger d'un refus, car j'aime Mme de Simiane, je veux le lui dire, et mériter sa main.

PAUL.

Tu veux rire ?

DE GIVRY.

Nullement, je te l'avoue, rien n'est plus vrai.

PAUL.

Je n'en crois pas un mot, tu as juré de ne jamais te marier ; tu ne crois pas à la fidélité des femmes ; tu détestes les moutards.

DE GIVRY.

C'est vrai. Il y a une heure j'aurais traité d'idiot celui qui m'aurait affirmé qu'un jour la fantaisie du mariage viendrait me surprendre... Que veux-tu, j'ai rapidement changé ; je conçois ton étonnement, mais crois-moi bien, ce que je te dis, est grave et sérieux... : j'aime Mme de Simiane, je me relève de mes vœux de célibat... heureusement qu'ils n'étaient pas éternels.

PAUL.

Il serait vrai! tu te ferais mon rival, le rival de ton ami ; oh ! ce serait odieux.

DE GIVRY.

En amour, mon cher, rien n'est odieux, tout se comprend, tout a son excuse... Mais ici le cas est différent, tu me l'as dit il n'y a qu'un instant, Mme de Simiane ne t'ayant rien promis, elle est libre et moi aussi.

PAUL.

Mais je l'aime, cette femme!

DE GIVRY.

Je l'aime autant que toi !

PAUL.

Tu ne la connais que depuis une demi-heure.

DE GIVRY.

Il n'en a pas fallu davantage pour captiver mon cœur, qui l'avait rêvée, et qui la cherchait.

PAUL.

C'est ton dernier mot.

DE GIVRY.

Mon dernier.

PAUL.

Alors, Monsieur, ne soyez pas étonné que tout soit rompu entre nous ; et je suppose que vous ne vous refuserez pas à me rendre raison de cette offense.

DE GIVRY.

Je suis à vos ordres, Monsieur, et je vous remercie d'avoir trouvé ce moyen qui délie tout embarras. Nous allons nous battre tout de suite, vous êtes l'offensé, vous tirerez le premier, tuez-moi tout est fini; mais je vous préviens, si vous ne me tuez pas, je ne vous tuerai point; ma main se refuserait même à blesser l'homme qui m'a conduit ici et auquel je puis devoir le bonheur de ma vie.

PAUL.

Ainsi vous êtes prêt à vous soumettre à mes coups et

vous entendez m'épargner les vôtres... c'est une injure de plus, et si je ne me souvenais que nos mains se sont serrées souvent... (*Il arrache son gant.*)

DE GIVRY.

Arrêtez... ou mieux, arrête, Paul, car moi aussi je me souviens que tu es mon ami, que je te tutoie depuis plus de vingt ans... Je t'ai blessé, offensé, je te dois réparation... tu veux un duel... un duel soit... à toi comme offensé le premier coup... fais ce que tu dois... je ferai de mon côté ce que je croirai bon d'être fait.

PAUL.

Ainsi posé, un duel est impossible.

DE GIVRY.

Tu renonces donc à un duel par les armes.

PAUL.

Il le faut bien.

DE GIVRY.

Je vais alors t'en proposer un autre, où la partie sera plus inégale pour moi, mais où il me sera permis de te combattre et de me défendre.

PAUL.

Parlez alors.

DE GIVRY.

Tu m'en veux donc bien.

PAUL.

N'en ai-je pas le droit?

DE GIVRY.

Vainqueur tu épouses Mme de Simiane, vaincu je te ménage une compensation.

PAUL.

Assez! veuillez, Monsieur, vous expliquer. Je n'ai jamais deviné les rébus de l'Illustration; il ne saurait me convenir de me mettre l'esprit à la torture pour chercher ce que j'ai le droit de demander qu'on me dise clairement.

DE GIVRY.

J'obéis. Si tu le veux, tour à tour nous verrons Mme de Simiane; nous lui exposerons nos pensers, nos rêves, nos espérances; nous la prierons de nous donner sa réponse; mais avant nous jurerons d'exécuter son arrêt sans appel, sans maudire le juge, sans détester l'adversaire; nous jurerons enfin de, quoi qu'il advienne, nous serrer la main comme auparavant.

PAUL.

Tout en blâmant votre mode d'agir, M. de Givry, j'accepte votre proposition, ne vous dissimulant pas que je me crois quelques chances.

DE GIVRY.

Tant mieux ! Tu as l'avantage, tu connais Mme de Simiane par cœur et moi j'en ignore le premier mot ; tant pis pour moi, je me risque, la leçon me sera profitable. Il demeure entendu que nous pourrons dire du mal l'un de l'autre, aucune gêne, rien ne sera interprété en mal, le champ est libre.

PAUL.

C'est convenu. (*A part.*) Sois certain que j'en userai.

DE GIVRY.

C'est entendu... Donne-moi ta main.

PAUL.

Pourquoi ?

DE GIVRY.

Tu m'en veux encore ?

PAUL.

Non... La voilà.

DE GIVRY.

Merci... Tu commenceras l'attaque...

PAUL.

Du tout... Interrogeons le sort... Je puis même te laisser cet avantage.

DE GIVRY.

Pas de générosité, mon cher Lambert. A la chasse, c'est le propriétaire du chien qui a levé le gibier qui a droit de primauté... A toi donc, je le veux... je t'en prie.

PAUL.

J'accepte.

DE GIVRY.

Je te laisse, elle va venir, sois chaud ; abîme-moi ferme, en véritable ami.

PAUL.

J'emploierai tous mes moyens.

DE GIVRY.

Je compte bien sur toi. (*Il sort.*)

SCÈNE VIII.

PAUL, *seul.*

Je triompherai, je l'espère, j'en suis certain... Cependant ma situation est fâcheuse !... Que dirai-je à Mme de Simiane... Ah bah ! tant pis pour de Givry, s'il est ridicule, il l'a voulu, je vais tout lui apprendre... elle se moquera de mon extravagant ami et ma cause sera gagnée..... Après tout, je ne suis pas fâché que Georges éprouve cet échec avant mon mariage, il me rassure pour l'avenir... Je l'entends... Allons, du courage, Paul Lambert; il faut être vainqueur... Certainement je resterai maître du champ de bataille, hier encore Mme de Simiane m'a dit : demain je fixerai le jour de notre bonheur. C'est elle !... (*Il prend un journal sur le guéridon*).

SCÈNE IX.

PAUL, Mme DE SIMIANE.

Mme DE SIMIANE.

Vous êtes seul, M. Lambert ? Où donc est votre ami ?

PAUL.

Mon ami !... il vient de me quitter il n'y a qu'un instant... A la campagne, liberté entière, lui ai-je dit, Mme de Simiane le comprend à merveille.

Mme DE SIMIANE.

Et vous avez eu raison.

PAUL.

Doublement, car son départ me laisse seul près de vous, Madame.

Mme DE SIMIANE.

Je ne suppose pas que le besoin d'être seul avec moi soit si pressant... Si c'est un bonheur, vous l'avez souvent, Monsieur.

PAUL.

Aujourd'hui, madame, c'est plus qu'un bonheur.

Mme DE SIMIANE.

Et pourquoi ?

PAUL.

Vous saurez tout.

Mme DE SIMIANE.

Parlez donc... (*Elle s'assied sur le canapé*). Je vous écoute.

PAUL, *penché sur le canapé.*

En admirant...

Mme DE SIMIANE.

Vous commencez par des fadeurs.

PAUL.

Je répète ce que voient mes yeux.

Mme DE SIMIANE.

Je vous ai dit souvent, Monsieur, que les galanteries m'agacent, que les compliments m'irritent, et que c'est m'être infiniment agréable que de me les épargner.

PAUL.

Pourquoi êtes-vous charmante ?

Mme DE SIMIANE.

Si c'est un lieu commun que vous vous plaisez à exploiter, cessez, de grâce;... si en réalité vous me trouvez telle, ne me le dites point, je ne saurais le croire, je me connais trop.

PAUL.

Je me résigne. Vous le savez, Madame, mon cœur vous donnant des qualités qu'il a cru vous reconnaître, — je parle ainsi pour ne pas mériter votre courroux, — s'est épris ; je vous ai dit mes espérances, et aujourd'hui même, c'est vous qui l'avez fixé ce jour, vous avez promis de me donner votre réponse.

Mme DE SIMIANE.

Il est vrai, Monsieur, que vous m'avez dit que vous m'aimiez ; il est vrai aussi que je vous ai répondu que la triste épreuve du mariage que j'avais faite ne me donnait nulle envie d'en recommencer une autre.

PAUL.

On vous avait sacrifiée !...

Mme DE SIMIANE.

Le mariage n'est-il pas un sacrifice pour toutes les femmes.

PAUL.

Je ne le suppose pas... Dans un mariage où l'âge... le cœur... les sympathies... tout enfin se rencontre... le mari devient l'esclave.

Mme DE SIMIANE.

L'esclave durant un mois... C'est même souvent un peu long.

PAUL.

Toujours, Madame! toujours!

Mme DE SIMIANE.

Je ne le crois point.

PAUL.

Il est des exceptions.

Mme DE SIMIANE.

Vous, par exemple.

PAUL.

Moi... sans doute... je serai...

Mme DE SIMIANE.

Tous les maris se ressemblent... jeunes ou vieux... le meilleur ne vaut rien.

PAUL.

Votre opinion est sévère.

Mme DE SIMIANE.

Ils sont tous vaniteux et volages... absolus et trompeurs... Si quelquefois on les voit aimables et complaisants... c'est quand ils craignent que leurs fantaisies capricieuses ne soient connues de leur femme; quand ils ont à se faire pardonner quelques gros péchés qui mériteraient la peine du talion!... Oh! alors ils sont charmants! ils font le gros dos! le chat cache ses griffes et fait patte de velours, le matou fait son ron ron pour avoir la pâtée... Le danger passé, le péché pardonné, le tyran renaît! Voilà les maris.

PAUL.

Je ne serai point ainsi, je vous le jure.

Mme DE SIMIANE.

Je voudrais le croire... mais je doute... et le doute me laissant indécise, je n'ose rien arrêter.

PAUL.

Mais vous aviez promis qu'aujourd'hui...

Mme DE SIMIANE.

J'avais promis!... Vous croyez?

PAUL.

Je l'atteste.

Mme DE SIMIANE.

Soit, je vous crois... mais la journée n'est point passée.

PAUL.

C'est que...

Mme DE SIMIANE.

Vous êtes pressé?

PAUL.

En aucune façon.

Mme DE SIMIANE.

Alors?

PAUL.

Je vais tout vous dire.

Mme DE SIMIANE.

J'écoute.

PAUL.

Mon ami Georges de Givry avait été amené par moi, Madame, près de vous, comme mon plus vieil ami, et il devait vous informer de ce qui regarde ma famille, ma position.

Mme DE SIMIANE.

Passez!... Eh bien?

PAUL.

Eh bien, Madame, il vous a vue un instant seulement, et il vient de me déclarer qu'il vous aimait, que seule au monde vous pouviez faire le bonheur de son existence, qu'il entendait vous le dire... qu'il devenait mon rival.

Mme DE SIMIANE.

Il vous a dit cela?

PAUL.

Et bien autres choses encore; et pour éviter un duel qui aurait pu vous compromettre et me forcer à sacrifier à une juste vengeance un ami de vingt-cinq ans, j'ai consenti à le laisser agir... je lui ai permis... de vous parler de son amour.

Mme DE SIMIANE.

Vous le lui avez permis?... Très-bien, alors!... Mais c'est agir déjà un peu en maître.

PAUL.

Vous m'en voulez?

Mme DE SIMIANE.

Pas le moins du monde, votre histoire m'amuse; je ne croyais pas M. de Givry aussi inflammable.

PAUL.

C'est une toquade née aujourd'hui, elle passera demain; Georges déteste le mariage, il nous l'a dit cent fois; il ne croit à rien.

Mme DE SIMIANE.

Vous ne flattez pas votre ami.

PAUL.

Je suis véridique ; il aime aujourd'hui ce qu'il détestait hier, il quittera demain les deux yeux noirs qui l'avaient charmé pour courir après les plus beaux cheveux blonds du monde entier, dira-t-il ; c'est lui qui parle ; il soutient que de la rivalité naît l'amour, et il prétend que les Turcs seuls sont heureux en ménage, parce que chacune désirant le mouchoir, la vie se passe en cajoleries perpétuelles pour le mari.

Mme DE SIMIANE.

Avec de telles idées, il a songé à moi, je l'en remercierai.

PAUL.

Vous devriez ne pas l'entendre.

Mme DE SIMIANE.

Au contraire, je veux le voir...

PAUL.

Il vous dira des choses qu'il ne pense pas !

Mme DE SIMIANE.

Je suis femme... je le lui ferai remarquer.

PAUL.

Il vous les dira si bien !

Mme DE SIMIANE.

Vous piquez ma curiosité.

PAUL.

Beaucoup s'y sont laissées prendre.

Mme DE SIMIANE.

Elles n'étaient pas prévenues par vous.

PAUL.

Certainement !

Mme DE SIMIANE.

Je l'attends de pied ferme !

PAUL.

Je suis tranquille... vous me promettez...

Mme DE SIMIANE.

Que dois-je vous promettre, Monsieur ?

PAUL.

Pardonnez-moi, Madame... je voulais dire que ce soir...

Mme DE SIMIANE.

Ce soir, Monsieur, vous connaîtrez ma résolution ; je n'ai qu'une parole.

PAUL.

Adieu, Madame, je vous laisse attendre l'ennemi. (*Il sort.*)

SCÈNE X.

Mme DE SIMIANE, *seule*, PUIS ROSETTE.

Mme DE SIMIANE.

Ah! M. de Givry, vous aimez toutes les femmes, et votre fidélité ne se compte que par heure!... Il vous a plu de me distinguer afin de pouvoir ajouter au grand livre de vos succès la chute d'une victime de plus... venez donc, et vous apprendrez que trop de victoires passées, souvent présagent une défaite; venez!...

ROSETTE, *entrant.*

Ma marraine, M. de Givry demande s'il peut vous voir.

Mme DE SIMIANE.

Qu'il vienne! (*Rosette sort.*) C'est lui!... Que rien ne lui fasse comprendre que je connais ses projets.

ROSETTE, *annonçant.*

M. de Givry. (*Elle ferme les portes du salon.*)

SCÈNE XII.

Mme DE SIMIANE, DE GIVRY.

DE GIVRY.

Je viens, madame, de visiter vos serres, votre parc, et j'ai été enthousiasmé de tout ce que j'ai vu; je comprends qu'on vive hors Paris, au milieu de si aimable entourage.

Mme DE SIMIANE.

Vous voulez embellir ma solitude.

DE GIVRY.

Nullement... Mes yeux ont vu, ils ont admiré, et ils témoignent.

Mme DE SIMIANE.

Vous êtes indulgent alors.

DE GIVRY.

Pas davantage; mais si vous voulez qu'il en soit ainsi, j'y souscris pour vous obéir.

Mme DE SIMIANE.

Vous consentez alors à flatter ma manie.

DE GIVRY.

Je n'ai jamais flatté personne.

Mme DE SIMIANE.

Pas même les femmes?

DE GIVRY.

Pas même les femmes! Elles ne sont que trop disposées à se croire parfaites : on le leur dit si souvent.

Mme DE SIMIANE.

Le grand mal quand nous aurions quelques courtisans.

DE GIVRY.

Les courtisans ont compromis tous les pouvoirs.

Mme DE SIMIANE.

Le nôtre ne craint rien.

DE GIVRY.

Oui! tant que dure la beauté... mais on change, et alors...

Mme DE SIMIANE.

Alors, le courtisan fuit à toutes jambes devant les rides.

DE GIVRY.

Vous riez en disant la vérité!... Mon Dieu, vous avez raison, un précipice se cache toujours sous nos pas; on ne peut sortir dans la rue sans craindre le pot de fleur qui peut nous écraser; ne vaut-il pas mieux en rire que d'en pleurer; et dussiez-vous, Madame, me dire que je renie mes principes, que je flatte vos goûts ou vos pensers, je me range à votre avis : je veux rire de tout.

Mme DE SIMIANE.

Et peut-être aussi douter de tout.

DE GIVRY.

On vous a dit : de Givry, il ne croit à rien, c'est un sceptique?

Mme DE SIMIANE.

Je l'ai deviné.

DE GIVRY.

Vous avez deviné juste, Madame. J'ai douté, en voyant dans la vie des femmes coquettes et légères, ayant vapeurs et nerfs à volonté.

Mme DE SIMIANE.

Il est des femmes qui n'ont ni nerfs irritables, ni vapeurs à volonté... des femmes enfin parfaites... Tant pis, je risque le mot.

DE GIVRY.

Je voudrais le croire !... Je crois même, Madame, que vous le disant, vous connaissez l'exception !... Mais jusqu'ici j'avais pensé que la femme sans défauts était une curiosité que l'on montrait dans les fêtes où je ne vais pas, je l'avoue, et que l'on ne trouvait nulle part où je vais.

Mme DE SIMIANE.

Vous êtes moqueur et méchant.

DE GIVRY.

Vous ne m'avez pas laissé finir ma pensée. J'allais ajouter qu'abjurant cette erreur, je noterais votre avis, Madame, pour ne jamais l'oublier.

Mme DE SIMIANE.

De mieux en mieux ! et je vois que votre doute persiste !

DE GIVRY.

Je l'avouerai... J'ai trop observé la vie réelle pour croire au roman.

Mme DE SIMIANE.

La vie réelle est donc bien affreuse ?

DE GIVRY.

Souvent.

Mme DE SIMIANE.

Vous m'effrayez.

DE GIVRY.

On procède par de froids calculs... tout est classé, coté, numéroté ; tout a un prix, une valeur nominale... tout s'achète, tout se vend ; et je l'avoue, dans une société qui ne saurait être mieux représentée que tenant dans ses mains des balances aux plateaux irréguliers, que pouvais-je comprendre, moi, qui ai conservé le religieux souvenir d'un temps plus éloigné et qui n'ai jamais pu saisir un mot des équations algébriques ?

Mme DE SIMIANE.

Je vous félicite, Monsieur, d'avoir de telles pensées..

elles sont miennes... je les ai reçues de ma mère!... Mais il existe des exceptions qui pensent comme vous et moi, et là vous eussiez pu, vous séparant des uns, vous rapprocher des autres.

DE GIVRY.

C'est possible!... c'est vrai!... Je ne discute pas, je constate: on ruolz beaucoup aujourd'hui.

Mme DE SIMIANE.

Avec vos idées, Monsieur, on vit seul, isolé, et je vous plains.

DE GIVRY.

Moi, Madame, je me félicite d'avoir vu ainsi le monde, car tout en le fréquentant, j'ai observé, je suis resté libre et mon cœur n'a pas parlé.

Mme DE SIMIANE, *souriant.*

Il n'a pas eu le temps!

DE GIVRY.

Pardon, Madame, le choix mais non le temps lui a manqué... Moi, tout sceptique que je suis, et précisément pour cela peut-être, je considère le mariage autrement que nos croyants du jour.

Mme DE SIMIANE.

Comment le comprenez-vous donc, Monsieur? Si ma curiosité est poussée trop loin, veuillez me le dire franchement.

DE GIVRY.

Je suis heureux de vous répondre et de me justifier. Je voudrais que le futur mari puisse interroger celle qu'on lui destine, avant qu'une famille ne soit venue dire à cette enfant qui a quitté hier la pension et qui ne connaît rien de la vie : M. X. a demandé ta main, M. X. est, notaire, banquier, magistrat, il n'est pas beau, il n'est pas spirituel, il n'est pas jeune, mais il est très-bien posé, il est très-riche, il est très-considéré, nous te l'avons choisi, tu seras une femme bien heureuse!... Je voudrais que l'on fût plus après, ce que l'on est trop avant. Et tenez, Madame, pour en choisir l'exemple ici, permettez-moi de parler de ces fleurs, elles sont l'image et le symbole d'un cœur bien épris; elles sont ici constatant qu'on a pensé à vous Madame; elles sont splendides, d'un goût irréprochable ; chaque jour elles trouvent des fleurs plus belles pour les remplacer, et puis le mariage vient, il s'accomplit, il se passe, et, trois mois après, les fleurs sont mortes, elles n'ont pas eu un lendemain; c'est en vain que l'on cherche, on ne trouvera même pas, solitaire et isolé, le petit bouquet de violette d'un sol.

Mme DE SIMIANE.

Il dit vrai et il m'effraie !

DE GIVRY.

Vous ne partagez pas mon opinion, Madame, je le conçois; elle vient ici mal-à propos, alors que vous-même vous allez vous marier... Mais il faut me pardonner, la vérité m'a entraîné.

Mme DE SIMIANE.

Vous croyez donc que votre ami M. Paul Lambert, réalisera le portrait que vous venez de me tracer.

DE GIVRY.

Paul Lambert est mon ami, c'est un brave jeune homme, un avoué qui fera son chemin; il sait que l'avoué n'a pas été institué pour éclairer la justice, il ira loin, je le lui promets.

Mme DE SIMIANE.

Votre avis sur lui comme mari ?

DE GIVRY.

Comme mari, il en vaudra un autre... un autre le vaudra ; mais ici, Madame, permettez que je me récuse, car s'il faut tout vous apprendre et que vous vouliez bien me le permettre, je serai forcé de vous faire tels aveux qui vous étonneront comme ils m'ont étonnés moi-même ; et je ne saurais mêler un mot de sarcasme vis-à-vis de mon ami Paul Lambert, auquel je dois le bonheur de vous avoir été présenté; c'est lui qui m'a introduit dans le jardin des Hespérides que je croyais fermé pour moi...

Mme DE SIMIANE.

De grâce, Monsieur...

DE GIVRY.

Un mot encore, Madame. J'ai vu dans ce jardin un fruit merveilleux et il m'a semblé que je serais le mortel béni des dieux s'il m'était permis d'aspirer à sa possession...

Mme DE SIMIANE.

Je vous prierai, Monsieur, de m'excuser si je me retire...

DE GIVRY.

Adieu, Madame... adieu... Je vous le disais bien, le jardin des Hespérides n'existe pas pour moi.

SCÈNE XII.

DE GIVRY, *seul*, *puis* LAMBERT.

DE GIVRY.

Je suis ému... Paul m'avait rendu le terrain difficile, et miné sous mes pas, je l'ai bien vu... Qu'importe, elle m'a compris !... Dois-je quitter la place ou demeurer ?... J'ai eu beau interroger ses yeux, ils sont restés muets !... Je crois qu'un refus de sa part briserait mon cœur.

PAUL, *entrant*.

Eh bien ! as-tu fait ta déclaration, conquérant !

DE GIVRY.

Tu te moques, tu es donc sûr du triomphe ?

PAUL.

Mais oui,... un peu.

DE GIVRY.

Tu l'aimes donc bien, cette femme ?

PAUL.

Certainement je l'aime.

DE GIVRY.

Tu ne l'aimerais jamais autant que moi.

PAUL.

Une fois marié, je ne te revois plus.

DE GIVRY.

Si tu es préféré, je quitterai Paris, la France... tu ne me reverras jamais.

SCÈNE XIII.

LES MÊMES, ROSETTE.

ROSETTE *entre en pleurant*.

Mon Dieu, que je suis malheureuse !

PAUL.

Qu'as-tu, Rosette?

ROSETTE.

Ma marraine vient de me gronder, ça ne lui était jamais arrivé ; elle s'était enfermée dans sa chambre, je suis entrée près d'elle en lui disant : ma marraine, M. Lucien est arrivé.

PAUL.

Qu'est-ce que M. Lucien ?

ROSETTE.

Le fils du jardinier de ma marraine, qui est architecte à Paris, et qui devait m'épouser !

PAUL.

Tu te maries ?

ROSETTE.

Le même jour que vous.

PAUL, *à de Givry.*

De Givry, tu ne devais être que mon témoin, tu seras aussi celui de cette charmante enfant.

DE GIVRY.

Je ne serai le témoin de personne. (*On sonne.*)

ROSETTE.

On a sonné !. . C'est ma marraine !

PAUL.

Va lui demander quand elle nous fera l'honneur de réaliser la partie projetée sur le lac ?

ROSETTE.

J'y cours. (*Elle sort.*)

PAUL.

De Givry, je te croyais plus philosophe; tu te laisses facilement abattre. (*Mme de Simiane paraît à une porte.*) Ton air triste me chagrine .. Tu vois, moi... je serais repoussé... eh bien, j'en prendrais mon parti.

SCÈNE XIV.

LES MÊMES, Mme DE SIMIANE.

Mme DE SIMIANE, *à part.*

Très-bien, M. Lambert ! très-bien !

PAUL, *apercevant Mme de Simiane et allant à elle.*

Vous ici, Madame, nous ne vous avions pas aperçue.

Mme DE SIMIANE.

J'ai renoncé à la promenade sur le lac... le soleil est vif... plus tard nous verrons.

PAUL.

Je vais prévenir les bateliers.

Mme DE SIMIANE.

Qu'ils attendent.

PAUL.

C'est juste : (*Chantonnant.*)

Souvent femme varie,
Bien fol qui s'y fie.

Mme DE SIMIANE.

Vous êtes gai, M. Lambert.

PAUL.

C'est pour faire contraste avec mon ami qui est d'une tristesse désespérante.

Mme DE SIMIANE.

Vous êtes musicien ?

DE GIVRY.

Il est pavillon chinois de la garde nationale.

PAUL.

Une méchanceté à dire le réveille.

DE GIVRY.

Tu ne ris plus !

Mme DE SIMIANE.

Il veut à son tour réfléchir aux vicissitudes humaines; Monsieur est philosophe !

PAUL.

(*A part.*) M'aurait-elle entendu !... Qu'importe, il faut trancher le nœud gordien. (*Haut.*) Je réfléchis, Madame que notre situation à tous trois est des plus impossibles et qu'une solution est indispensable.

DE GIVRY.

Quoi, tu veux ?

PAUL.

Je désire que Madame se prononce, afin que nous puissions nous regarder en face.

Mme DE SIMIANE.

Vous exigez ?

PAUL.

Je n'exige pas, je prie...

Mme DE SIMIANE.

M. Paul Lambert, êtes-vous disposé à venir demeurer à Enghien ?

PAUL.

Un avoué résidant à Enghien... on n'a jamais vu !...

Mme DE SIMIANE.

Vous pourrez vendre votre charge !

PAUL.

Mais que faire, à quoi passer ses journées, il faut une occupation.

Mme DE SIMIANE.

Vous vous connaissez en fleurs, vous créerez...

PAUL.

Je désirerais demeurer à Paris... conserver ma charge... Pendant l'été, Enghien serait acceptable...

Mme DE SIMIANE.

Fort bien ! — M. de Givry, abjurez-vous vos hérésies et reconnaissez-vous vos torts?

DE GIVRY.

J'abjure mes hérésies et je reconnais mes torts.

Mme DE SIMIANE.

Demandez-vous pardon aux femmes de tout le mal que vous avez dit d'elles.

DE GIVRY.

Je demande pardon aux femmes de tout le mal que j'ai dit d'elles.

Mme DE SIMIANE.

Ajoutez, je promets de les respecter, de les honorer.

DE GIVRY.

Et de n'en aimer qu'une seule, vous, Madame, que je veux chérir et adorer.

PAUL.

Qu'entends-je ?... que vois-je ?

DE GIVRY.

Un coupable converti qui implore pardon des fautes passées. (*Il embrasse la main de Mme de Simiane.*)

Mme DE SIMIANE.

Que faites-vous ?

PAUL.

Que fais-tu ?

DE GIVRY.

J'embrasse la main de ma femme.

PAUL.

De ta femme? (*à Mme de Simiane.*) De sa femme ?

Mme DE SIMIANE.

Ce n'est plus moi qui commande...

DE GIVRY.

De sa main j'ai reçu la pomme... tu seras mon témoin.

PAUL.

Je jouerai donc toujours avec lui le rôle du mari de la chanteuse ; je porte la musique, c'est lui qui chante ; on lui offre les rafraîchissements, le maître d'hôtel me dit de passer à l'office ; il est la poire dont on savoure la chair, je suis la queue qui tombe sur l'assiette !!

DE GIVRY.

Console-toi, mon très-cher... Tu restes avoué, tu auras notre clientèle... et je te marie avec ma sœur.

ROSETTE, *entrant.*

On se marie, tant mieux !

PAUL.

Je serai ton témoin.

ROSETTE.

Je croyais que c'était M. de Givry.

PAUL.

Il a pris ma place, je prends la sienne, en attendant la pomme ! !

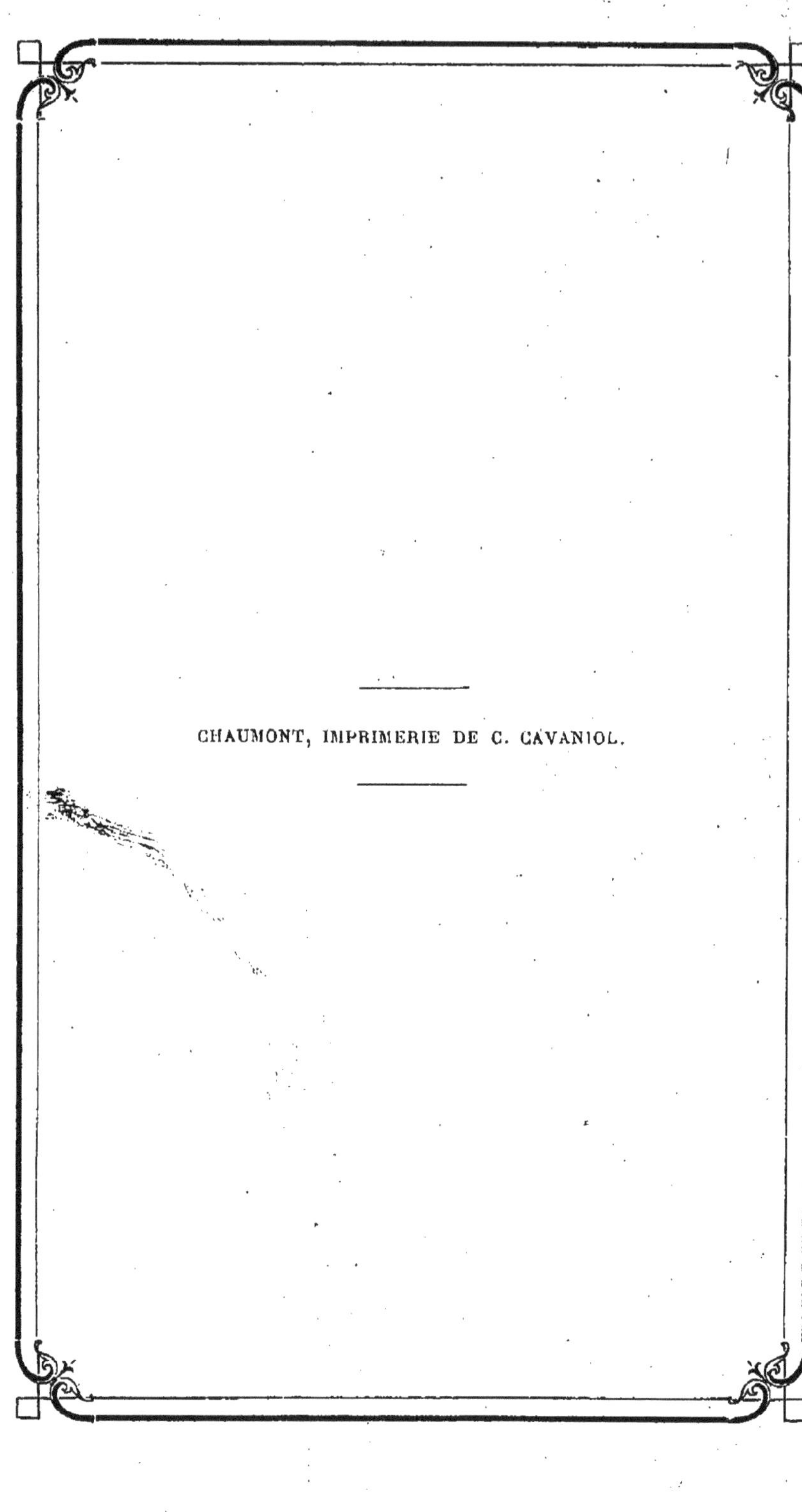

CHAUMONT, IMPRIMERIE DE C. CAVANIOL.

BIBLIOTHÈQUE IMPÉRIALE
IMPR.

www.ingramcontent.com/pod-product-compliance
Ingram Content Group UK Ltd.
Pitfield, Milton Keynes, MK11 3LW, UK
UKHW021531260726
13993UKWH00004B/1934

9 782329 167091